숲에 세 들어 살다

이태관 시집

숲에 세 들어 살다

달아실 시선
27

달아실

시인의 말

모든 시간은
그리움으로 남는다
돌아갈 수 없는
돌아가지 못하는 그곳에

내 사랑이 있다.

2020년
이태관

차례

3부

1부

떡갈나무 아래서의 시론

사랑을 하라
하나뿐인 목숨으로
이 겨울
떨어진 잎이 나무의 뿌리를 덮듯
사랑을 하라
그 사랑이
모과 향처럼 단단히 무르익었을 때
사랑한다는 말을
딱 열 번만 거푸 가슴으로 삼켜보라
그러고 나서
그 떨림을 시로 써라
그래도 가슴 속 가장 깊은 곳에서
술이 술독을 박차고 나오듯
시가 솟구치지 않는다면 당신은
이 세상 누구도, 아니
당신 자신조차도 사랑할 자격이 없다

집착

토사에 쓰러진 나무가
잎들을 놓아주지 않았다

눈에 덮여 희고 묵묵한 풍경이 되어가는 동안
눅눅한 바닥을 덮고 있는 저 가지

죽은 자에게나 산 자에게도
망각은 언제나
세상을 살아가게 하는 힘일지도 모르는데

봄이 되어도 잎 피우지 못할 저 나무
개미가 알을 스는 동안 천천히
흙으로 돌아갈 저 나무

울지 않고 자라나는 고드름이 있을까

떠나간 그대의 손을 아직
놓지 못하고 있다

먹감나무

사랑했다 외등 조는 대합실
토막 난 꿈들이 어둠을 지우고
불투명한 하루가 엔진 소리와 함께 떠나면
그제야 희뿌옇게 밝아오던 하늘을
그 냄새를

식은 커피를 손에 들고 바닥에 얼룩을 지운다
컵이 기우는 줄도 모르고
커피가 흘러내리는 줄도 모르고 만족해하는 사이,
지도 하나가 완성되었다
이제 저 길을 따라가면 되리라

책임이라는 말은
제 자리를 떠나지 못한다는 것이다
왕복과 편도의 차이,
그 가슴 먹먹함

도로 가, 몇 송이 붉은 열꽃 피워 올린 저 나무
차가 지날 때마다 온몸을 흔든다

그 떨림이 제 몸에 길을 낸다
상처가 만들어내는 수묵화 한 폭

다탁 위에 다향 피어오른다
그 허공의 길을 따라
멈춰있던 시간들이 길을 떠난다

커피나무

맨발의 아이들이 나무를 타는 동안
속옷을 입지 않은 아비들이 숲속에 알을 낳는다
이곳엔 안개가 많다 눅눅하고
질척인다 발자국이 남는다
포식자의 눈엔 그들 생이 환히 보인다
나뭇가지에 집을 짓는 건
현명한 일이 아니야
날개가 있다면

꿈을 꾼다
지친 잠이 삶처럼 폭폭했다면
어찌 견디나
태양은 계곡을 비추고 안개는
강물 위로 쏟아져 내려
꿈꾸지 못했어 바다라는 말은 더더욱

검은 옷을 입은 아이들이
화산재 무성한 숲에서 태양을 닮은 열매를 따고 있다
맨발인 아이의 하루는 언제나 목에 걸린

몇 그램의 통조림

바다를 건너온 아이들의 신발이 물에
젖는 동안, 부풀어 오른다 몽우리 진 가슴에 감춰두
었던
슬픔이 풀려 나오며 너의 혀에
산통이 내려앉을 거다

어둠이 더께로 내려앉은 맛, 그 씁쓸한

단풍나무

모두들 한잔 걸쳤을 거다
자정이 가까워오는 시간 전화벨이 울리면
보나마나 선호다
—형, 근데 말이지

빙빙 돈다 바람이 살며시 몸을 흔들면
떠날 차례야
이륙하는 프로펠러 씨앗들
멀리 가야 안전하다
살아남을 확률이 높다

낯선 도시의 바람은 차다
—형, 근데 말이지 이곳이 아닌가봐
—허엉, 근데 말이지 여기가 어디야?
수화기 너머로 찬바람이 든다
선호야, 문 좀 닫아라

층계를 지날 때마다
붉은 센서등 켜졌다, 꺼진다

병원 앞, 단풍나무
날아간다 단풍나무

자정이 지난 시간, 전화벨이 울린다
—행님요, 그런데 말이죠

노간주나무

그때, 시를 쓰지 말았어야 했다
밥은 굶어도 너희 공부는 시켜야지
새벽 문을 나서며 아버지께서 하신 말이다
형이 인문계에 갔으니 너라도
장학금 준다는 공고에 가지 않겠니
이 또한 아버지의 말씀이다
바이스를 죄고 선반을 돌리는 사이
아버지의 몸피는 얇아져갔다
깎여나가는 칩들이
스르륵 스르륵 바닥에 쌓였다

그때, 국문과엔 가지 말았어야 했다
국문과가 굶는 과가 되어가는 사이
공대를 졸업한 친구들이
선생님이 되고 사장님이 되어가는 사이
떨어지는 낙엽만 봐도 시상이 떠오르고
빗소리에 센티멘털해진다는
이런 젠장, 시인이 되었다
다 거짓이었다

떠오르기는 개뿔

코뚜레를 뚫어야 어미가 되는 생이 있다
물가에 데려가도 물은 먹일 수 없는
자식 둘 낳은 아비가 된 지금
벌초를 위해 찾은 무덤가에서
키만 훌쩍한 노간주나무를 본다

아이들과 나 사이의 거리
무덤과 나의 거리
그렇게 아버진 산비탈 홀로 외로운 노간주나무
벗어던질 수 없는 우리의
뿌리가 되었다

가을에서 봄에게로

이슬이 눈물이었다는 듯
떨어져 내리는 낙엽, 그 순간의 무게가
가을을 저물게 한다

눈 뜨는 햇살은
그 눈물 불러 모으시는 어머니
밤새 가라앉은 고요가 서서히 풀려나온다
허리 펴는 강물 위로 안개 자욱하다

무겁던 나무 그늘 사이로 햇살 보이면
얽히고설킨, 겹치고 겹친 생의 이면이
조금은 환하다

흰머리 늘고 머리카락도 조금은 느슨해지는 시절
비로소 사람을 안다
보지 않으려 해도 바로 보인다
주름과 살에 한 생이 담겨 있다

나와 닮은 이여 평안하시라

쑤시는 삭신 고달픈 몸을 지나
꿈에서라도 행복하기를
그리고 흰 눈 내리는 날
두 발길이 하나가 되어

새순 돋는 추운 계절에
그대 입술에 닿는 그해 마지막
흰 눈송이이기를

동백

보고 싶다 하면 금세
너는

매운 추위 속에서도
피어오르고

그 절정을 보려 나는

걸핏하면 너를 눈밭에
세우곤 했다

그리고 사랑한다
노래했다

매화나무

돌아볼 틈이 없다
곧 돌아오리라는 그대 소식 접하고
하릴없이 하릴없이

그만큼 떠돌았으면
마음의 눈이라도 트였을 텐데
돌아보지 못하고 돌아보지 못하고

날리는 눈발에 시린 마음 기대어
눈 크게 치켜뜨고

눈 녹으면 눈물이 되나
이슬이 꽃눈을 가려주어
참 잘되었다
생각했다

고사목
— 주목

차가운 겨울 한 켠을 오려두었다
돌아선 그대,
흑백 사진 속에 갇혔다

적도 지나 말위도* 어디쯤
시베리아 횡단 열차를 탔다는 소문이 무성했지만
이곳엔
눈도 비도 내리지 않았다

사랑은
키가 자라지 않는 아이

그대 떠난 자리
무량한 하늘 한 켠, 한 획으로
팽팽한 활시위를 당기고 있다

스쳐온 바람의 눈물마저 없었다면
오려놓은 하늘마저 없었더라면
〉

새, 그 하늘 위를
난다

* horse latitudes. 무풍대.

침향

저 나무,
가지에 새를 들이고
바람과 비와 어머니의 어머니
그 눈물 맞으며 살아온 세월이 천 년이란다
그 속을 어찌 다 안다 이야기하리

사랑은 바위와 같아
묵묵한 기다림의 한 생이고
짭짤한 눈물 서 말가웃은 될 터이나
천 년이란 기다림은 어찌 읽어야 하나
천 년 후의 이에게 마음 전한다는 것이 가당키나 한
일인지

그대에게 보내는 이 편지가 언제쯤 도착할지
바람이 허공에 새겨 넣은 말
비록, 바닥에 떨어져 쓸쓸히 썩어갈지라도
그 그리움 온전히 전해지기를
그 향기 오래오래 기억하기를

2부

겨울 숲, 세량지

떠날 수 없어 소식만 전합니다
한 발 디딘 그곳을 쉽게 떠날 수 있나요
바람만 불어도 먼 산을 봅니다
보내신 마음은 잘 받았습니다
코끝 스치는
갯내음, 그 너머의

기적과 뱃고동은 목이 쉬지 않는지
그 마음 남겨두고 흰 눈 내릴 때 조금씩 풀어야겠습
니다
그러면 숲도 나무도 따뜻해질 겁니다
잠에 깃든 산새의 품도
아늑해지겠지요

소식을 전합니다
마음이 흔들리면
나무도 따라 흔들립니다
이 피리 소리
그대에게 가닿기를
〉

짊어진 저마다의 무게만큼 눈은 쌓이고

김지미와 태현실, 엄앵란을 이야기하다

나무와 나무가 모여 숲을 이룬다
그들의 노래는 각기 다르고 사연도 많다

오리나무는 오리伍里마다 심었던 나무고
(혹, 오리가 앉았던 나무인지 모른다)
소나무는 소를 매었던 나무다
(솔잎 사이로 바람 지나는 소리 소— 소— 하였는지도)
단단한 밤을 지새우는 밤나무
자작자작 타는 자작나무의 생들이 모여
숲이 된다
그 죽음의 하나가 숯이라면

어쩌면 소소小小한 이야기
숯에 얹어진 오리가 십리를 가는 사이,
술상 앞에 모인 이들의 머리가 반백이다

어느새, 그 숲 사이로 가을이 지나고 있다

우수雨水에 젖다

창문이 열리길 기다렸다

기다리지 않아도 도는 시계처럼

비가 왔다

그쳤다

소나무

옹이가 되어버린 나무의 상처를 본다
저 돌은 누가 심어놓았나
세월이 상처를 감싸 안는 동안
제 몸 깊숙이 돌덩이를 키우는

베어져 마침내 세상 밖으로 나온 저 것을
돌이라 불러야 하나 나무라 부르나
그도 아니면 사랑이라 해야 할까

옹이로 살아온 한 생이 있다
비탈에 선 저 나무

아버지의 갈라진 손마디와 어머니의 뱃가죽
그 삶을 닮아가는 중이다

산수유

정적이 길어진다는 건
그만큼 긴장하고 있다는 거야
핼쑥한 얼굴의 섬진강이 말없이 몸을 뒤챌 때

산등성이 앞마당
거위 한 마리 뒤뚱거리고 있다 이놈은
생각보다 집을 잘 지킨다
넙죽한 부리는 먹을 때만 쓰는 것이 아니다
술 취한 이가 꽥꽥 고래고래 노래 부른다지 않던가

나는 당신의 입술을 사랑했어요 꽤액 꽥

알았어, 알았다고
노오란 부리들이 일제히 부화를 시작한다

푸하, 섬진강도
아기 놓은 임산부처럼
살며시 실눈을 뜨고 있다

호랑가시나무

그녀를 살아남게 한 건 팔 할의 욕이었다
세상을 향해 날을 세우는
세상과 맞서온 이력들이 저 가시를 만들었다

시장 한 귀퉁이에서 순대를 팔았지 우는 놈 달랠 새
도 없이 젖 물릴 틈도 없이 이 악물고 살았어 남편은
돌아오지 않고 장돌뱅이, 넝마꾼, 심지어 양아치까지
바지 끈 풀고 달려들데 바락바락 대들었어 죽기 살기
로 싸웠어 가슴은 퉁탕퉁탕 마구 뛰는데 신기하게도
욕이 잘 나와 살면서 한 번도 밖에 내보지 못한 것들이
마구 쏟아져 나오데 그렇게 살다보니깐 입에 욕이 배
었어 다들 미친년 취급하니깐 맘이 편해 이제는 그놈
들 내게 욕먹으러들 와 뭐, 욕먹으면 맘이 편하다나 어
쩌다나

시장 한 모퉁이 순대를 파는 저 할매
세상을 향해 다박다박 내장을 써는
온몸이 칼인
호랑가시나무

벚나무

생각나 그 사람, 첫 사랑
—네가 처음이야
처음이라는 말

처음 바라본 하늘, 처음 타보는 기차, 처음 바라본
바다, 파도, 그리고 처음으로 잡아본 그대 손가락, 가
슴 헤집던 그 기타 소리

처음이야, 저리 많은 꽃
처음이야, 저리도 쉽게 지는 꽃
처음이야, 떨어진 꽃들이 아름다워 보이는 것이

시샘추위 오던 날
처음이야, 저리 많은 꽃들의 죽음
그 먹먹함

포구나무
— 팽나무

바람이 일자
나뭇잎에 숨었던 상념들이 허공으로 흩어진다
덩달아 가지 위 새들이 날아오른다
배는 보이지 않고
밧줄에 옥죄었던
상처들만이 온몸에 가득하다

담배 연기 풀어놓으며
나무 그늘로 스미는 사내
남새밭으로 변해버린 주막집 사이로
바람이 불자
흔들리는 나뭇잎들이
젓가락 장단에 흔들리던 어깨춤사위다

바다를 떠난 몸들은 저마다
상처를 가지고 있다
그것이 물고기든 사람이든
상관이 없다 다만,

죽었나 살아 있나의 차이일 뿐
결국 휘돌아 바다에 이른다
뭍에서도 팽을 당하는 것이다

바람이 일자
나뭇잎에 숨었던 기억들이 허공으로 흩어진다
이제, 떠나보내야 할 시간
밧줄에 옥죄었던 기억만이 남아

미루나무

숲은 말랑거렸습니다
그때도 태풍은 불어왔고
부러진 잔가지, 떨어진 나뭇잎들이
아궁이에서 타올랐습니다
말랑말랑한 한 끼 밥이 되었습니다
시렁 위에 올려진 잿밥에 감응했는지
아이들 쑥 쑤욱 태어나고
저녁이면 일찍들 불이 꺼졌습니다
석유가 떨어진 건 아니었답니다

쑤욱 쑥 자라납니다 미루나무
아이들은 신작로를 따라 학교에 가고
한여름, 고무신 벗고 신작로를 걸으면
햇빛에 녹아내린 아스팔트 위 콜타르가
말랑말랑했습니다
발바닥이 간질거렸습니다
미루나무 쑥 쑤욱 자라나고
아이들의 머리통도 쑥 쑤욱 자라납니다
〉

미루나무 꼭대기에 조각구름이 걸려 있습니다*
솔바람이 불어와서 걸쳐놓고 가버린 건 아니구요
쑤욱 쑥 키를 키운 아이들이
한 점 미련인 양 그렇게,
노모들 남겨두고 떠나갑니다

나무가
손을 흔들어주었던가요

해장국과 국밥집 사이에
시금털털한 사내들이 늙어갑니다
바람에 쓰러지고 외로움에 무너진

* 동요 「흰구름」의 한 구절을 변용.

아내가 말을 시작했다
— 산딸나무

아내가 말을 시작했다
밥을 먹다가, 책을 보다가, 노을을 보며
나즉나즉 이야기를 한다
내 욕 아니지? 쳐다보면
관심도 없다 사랑의 대상이 바뀐 것인가

때가 되면 보이지 않던 것들이
들리지 않던 말들이 들리는가
숨겨둔 이야기 가슴에 키우며 살아온 세월이
눈 녹듯 풀어져 구름이 되나
흰머리 날리는 계절이 오면, 집은 낡은 우물이 되나
말들은 뻐끔뻐끔 벙어리 구름이 되나

  잊지 말자는 다짐이었네 어릴 적 친구의 이름 눈 머
셨던 둘째할머니 곰방대 소리 좋아한다는 말 미워 죽
겠다는 말 응답하지 못했던 물음들에 또박또박 답하는
것이네
  〉

이제야 찾아오셨네요 어머니
무뚝뚝했던 아버진 그대로시네 이젠,
말할 수 있어요 차마 꺼내기 힘들었던 그 말들
기억이 개수대로 빠지기 전에
큰 소리로 또록또록 답해야 하네
가슴에 맺혔던 말들을 허공에 돌려주어야 하네

생을 건너는 법은 추억이라는 이름과 화해하는 일
개수대에 서서 세상과 소통하는 아내의 모습이
눈이 부시도록 환하다

옹이

어느 순간, 너를 잊었다
가슴 뛰던 기억은 언제쯤일까
무덤덤한 인사
그녀가 내게 던진 한마디

저 골목 어디쯤
길을 찾다
손 놓아버린 것이 언제쯤일까
계절이 깊어질수록
매워지는 바람

옷 입기가 힘들어
그녀의 어깨에 옹이가 생겼다
머리 기대어 안아준 적이 언제쯤일까
팔베개해준 적은
따뜻한 온기 나눠준 적은

잃어버린 나를 찾기로 한다
〉

무덤덤한 사랑이 손을 내밀자
골목 어귀, 두 팔 들고 살포시 안겨오는
겨울 나목

목련

그대의 미소와 따스한 온기 한 줌
자꾸만 발바닥 간질이시면 그만,
참지 못해요 터져버린 웃음에
봄이 시작되죠

자주 먼 곳을 바라다보던 그녀가
안테나 없이 길을 찾고 있어요
봄이 오는 길목엔 언제나
헤어짐이 준비되어 있죠

가야만 할 시간이 오면
제 꽃봉오리들은 북쪽을 향하죠
허공에 쓰는 사모곡
얼마나 많은 그리움이 저 붓끝에서 피어날까요

당신이 필요해요
따뜻한 미소 하나 보여줄래요
화들짝,
세상이 환해질 거예요

3부

창문에 갇힌 겨울, 모과나무

오늘도 저 창문은 열리지 않았다
겨울눈 틔우려는 내 안간힘이 그에겐
느껴지지 않았나봐
새들의 놀이터인 여름과
단풍의 흔들림에도 감흥이 없나
언제나 닫혀 있는 모과나무집

지나는 바람에게 부탁해
두드려보지만, 열리지도 깨지지도 않아
마른 삭정이로 손 건네 보지만
닿지를 않아
마을 앞 저수지보다 깊은

가을 햇살에 말 건넨다
좀 더, 몸 구부려
안쪽을 살펴볼 수는 없겠니
곰팡이 피었을 세면대와 먼지 더께로 앉았을 거울에
얼굴 비춰줄 수 없겠어
〉

깨어나는 건 깨어져야만 하나
봄이 오는 건, 겨울의 얼굴이었던 얼음장들이
갈라지는 소릴 들었기 때문이야

창문을 열어주겠니 아님,
깨어지겠니

철새에게 말을 걸다

언제부턴가 너를 사랑하게 되었다
내 가슴에 첫 발을 디디던 순간
아니, 그 무수한 시간의 발자국들이
내 가슴에 박히는 동안,
내 품을 네게 주었던 순간부터 나는 내가 아니었네

기억은 모래시계처럼 뒤집을 수 없어
겨울을 지샌 눈들이 바다로 향하는 동안,
너의 날개는 허공에 길을 내고 있겠지
너와 지냈던 하루하루를
일기에 꾹꾹 눌러 쓴 눈물자국처럼
온몸으로 기억해

내 상상을 착륙시키려 하지 마
허공의 바람과 흐르는 구름
곁에 없어도 손 흔들어주지 않아도
나, 이곳에 있을 거야

크레바스를 지나는 동안

내 나이테는 온통 너를 향하고 있어
그 시간을 몸에 새기며
기억의 순간 속을 기억하며

기억이 아스라해질 때쯤
다시 내게로 와
같이 하나의 풍경이 되는 거야

해당화

그대 향한 내 사랑이
수평선 너머
너머에 닿아 있어요
명사십리엔 꽃이 붉다죠
백수해안도로 파도 곁에서
그대 기다리고 있어요
베어진 상처에 몽글몽글 솟는 피처럼

꺾지 말아요
바람에 거칠어진 얼굴이라도
이쁘다
꽃으로 그대 볼 수 있도록

내일이 올까요
떨어진 이카루스의 날개를 찾으면
바다는 편안해질까요
저 파도 잠잠해질까요

하루가 저물도록 바다를 보고 있어요

온몸이 소금기
이 허기진 갈증을 견딘 후에야
당신이 올까요
그러면 내가 울까요

떨어진 꽃들로 세상이 환해진다면
난 그곳에 있을 거예요
법성포 그 바닷길 따라
그대, 다시 올 그날
기다리고 있을 거예요

남천

무언가를 숨기고 있다
그렇지 않다면 이 추위에 저리
붉게 달아오르겠는가 새벽에
조용히 현관을 열고 들어가는 이웃집 가장의 발소리
출장 잦은 윗집의 소음은 대략 알겠는데
코가 빨개지는 추위를 온몸으로 견디며
홀로 달아오르다니
내가 모르는 세상이 있을 거라 생각해본다

아파트 화단 앞에서 하필,
애들도 많이 지나는 출입구 앞에서
붉어지는 저 나무
생각해보면, 그 뜨거운 숨결이 이 곳에
봄을 불러오는지도 모르는데

현관을 나서며
내 집은 언제 달아올랐나
생각해보는 것이네
아이들 떠나고

젓가락처럼 말라가는 두 내외가

다시 한 해의 나이테를

몸에

새기고

있는

쐐기를 박다

오래전, 쐐기에 쏘인 적이 있습니다
그 아릿한 통증

짙은 숲 그늘 아래서 그녀와 난
두 손 맞잡고
두 눈 맞추고
양희은의 모닥불을 불렀지요

그 선율 사라지고
푸른 옷의 그녀는 이제 없지만

폭설 내리는 삼월, 화순 숲정이에서
분주히 먹이를 찾던 새들이 잠시
쉬었다 간 나뭇가지가 출렁,
몸을 뒤챌 때

내 마음도 함께 흔들려
쌓인 눈처럼 바닥을 칩니다
〉

순간, 그대가
미처 보내지 못했던 사랑 한쪽이 가슴에 박혀
걷는 길마다 상처를 주고
또 다른 사랑의 발목을 부여잡고 있었다는 걸
새와 바람과 나무와 흰 눈이
온몸으로 가르쳐주었습니다

흰 눈 가득한 숲정이에서
빠지지 않을 쐐기가 된
오래전 그녀를 만납니다

오래전,
쐐기에 쏘인 적이 있습니다

자귀나무

햇살 따가운 날
지붕에 올라 실리콘을 쏜다
느느니 짜증인가
내 목소리에 천장 어딘가에 실금이 갔으리라
그래, 내 탓이다
어쩌다 한 번 하늘 바라보게 하지도 못하고
살며시 흔들리던 별들의 전언조차 외면했으니
햇빛과 바람과 비를 풀어
이리 소식 전한 것이 아닌가

틈을 메우다 보니
뒷담에 피어 있는 자귀나무꽃
위에서 보니
꽃빛깔이 더욱 선명하다
솜털 같은 무지개가 마당 한가득이다
위만 바라보는 생이 아닌
가끔은 아래를 내려다보는 생
지금 필요한 건
세상이 보내는 전언을 포착하는 일
〉

물 젖은 벽지가 아내의 얼굴 같다
실금 가는 얼굴
사나워져가는 목소리
그래, 다 내 탓이다
오늘 밤은 가만히 아내의 곁에 누워
야위어가는 어깨 보듬고
잠을 청해야겠다

자귀나무 잎도 밤이면 살포시
서로의 어깨에 얼굴 파묻지 않던가

복사나무

알몸을 보았다고 했다 그것도
갓 목욕을 한 싱싱한 육체에선 천상의 향기처럼
아련한 아지랑이가 피어올랐다지
늦은 밤, 술을 마시다
안주를 구한답시고 현관을 나선 녀석이
설레발치며 들어서더니
이웃집 처자의 알몸을 보았다 했다
문을 두드리니 실오라기 하나 걸치지 않는 알몸으로
그녀가 나왔다고 했다
달빛 깊은 밤이었다

복사꽃 웃음소리가 마을을 휘돌던 밤이었다

달빛에 취한 그놈의 얼굴을
복사라도 한 장 해놓고 싶은
그런 밤이었다

임도林道

기다림 가득한 길이다
툭툭 튀어 척추를 받치는 돌들이
즐거운 비명을 지른다 나도
소리 지른다
톡톡 튄다

알밤이 툭툭 길 위에 떨어진다
매뚜기 톡톡 풀잎 위를 뛰어간다
가끔은 뱀도 지나고
멧돼지가 지나는 길이다
나도 한 마리 짐승인 양
하늘 보며 걷는 길이다

가끔은 그녀와 함께 걷고 싶은 길이다
임도 보고
뽕도 따고 싶은

자작나무

1

너무 멀다
눈이 쌓아놓은 고요가 깊어
한 발짝만 떼어도 깊은 수렁이다
무게를 견디지 못한 눈덩이가 바닥을 치자
적막이 깨진다 사냥개의 울음소리가 들려온다
저 산 넘으면, 자작나무
온통 자작나무
눈 속에 파묻힌, 강물에 떠내려간
친구의 얼굴, 그 피가 빠져나간 핼쑥한 얼굴들이
온통, 자작나무

2

부치지 못할 편지를 쓰는 밤이다

   눈보라 그친 하늘은 별이 총총하오 어쩌면 저 별빛
닮은 그대를 다시 볼 수 없을지도 모르오 평안도에서는
'그 맛있는 모밀국수 삶는 장작도 그리고 감로같이 단
샘이 솟는 박우물도 자작나무'*라는데 예 또한 온통 자

작나무, 모밀국수 삶을 한 평의 외딴 집도 보이지 않아
굶주린 늑대의 울음소리 대지를 찢고 살아남은 동료들
의 눈빛이 저들을 닮아가오 굶주림과 추위보다 더 간절
한 건 자작나무 군불 지핀 방에서 그대와 화촉을 밝히
고 싶은 것이오 자작자작 등피가 타오르는 밤, 힘 좋은
조선 사내놈 하나 쑤욱 뽑아내고 싶었던 것이오

3
해삼위에서 헤이룽장성까지
흔들리는 발자국을 따라간다 이제는
강인한 내 부리와 발톱으로
눈을 파먹고 내장을 뽑아 내가 살던 숲으로 돌아갈
것이다
흰 눈과 자작나무 그리고 한 사내
쓰러질 듯 일어서는 그 몸짓에 며칠을 굶었다
나의 날개깃이 나조차 힘에 겹다
아직은 조심해야 할 때, 흰 눈이 그의 몸을 덮을 때까지
마침내 바람과 하나 될 때까지

4

해바라기를 키웠습니다

소식은 들었어요 끝내, 국경을 넘지 못하셨다구요

새들이 물어온 말, 바람과 비가 전하는 이야기

아버님은 청산리에 뼈를 묻으셨다죠

자유시 참변 이후

가도 가도 자작나무 얼마나 힘이 드셨나요

더 이상 자작나무로 꽃등을 밝히지 않겠어요

자작자작 타오르는 그 이야기가, 그 내음이 온통

당신일 테니까요

5

자작나무 숲에 서보았습니다

손 시린 얼굴들이 서로에게 손 내미는

맞잡지 못하는 슬픔들이 가득합니다

어디까지 오셨나요

빈산의 눈들이 조금씩 제 몸피를 줄이는 동안

작은 눈들이 하나, 둘 깨어납니다

떨어진 눈덩이에 파문이 입니다

바람을 타고 갑니다 진달래 꽃사태로 피어갑니다

그 속에 백두대간 치달아 내리는 흰 등뼈의 사내 하
나 보았습니다

* 백석의 시 「자작나무」 중에서.

목련 아파트

바다와 마주한 언덕에 서 있는 목련 아파트
아직은 물빛 추워 보이는 계절

시린 손등으로 그네를 타는 아이와
아이를 보며 배경처럼 서 있는 여인
그 웃음에 살포시 실눈 뜨던 목련의 겨울눈들이
아이와 여인이 떠나간
빈 그네를 바라다보고 있다

이제 그네의 주인은 바닷바람이거나
밀물에 살포시 어깨 기대는 햇살,
화단 한 켠에서 묵묵히 겨울을 견디던 목련

떠난 아이들은 돌아오지 않고
택배도 오지 않는
빈 공터에 앉아 햇빛바라기하는 노인과
그 곁을 지나며 인사 건네는
동향 친구인 경비 아저씨
〉

어젠 301호에 불이 들어오지 않았어야

저 목련 꽃등 밝히면 봄이 돌아올까
아파트 외벽 응달진 곳에 뿌리내린 저 목련
채, 피지도 못하고 지네
불은 켜지지 않네
그 어둠이 더욱 찬연한
바다가 바라보이는 외로운 등대

꽃샘추위에 떨어지는 꽃송이들 잘 가라
손 흔드는

벌목

우듬지를 보여주지 않았다
어느 순간, 내가 우듬지가 되었을 때

하늘은 맑은 날만을 보여주지 않았다
시간은 기다려주지 않았고 자꾸만
흘러갔다

이슬을 보여주고
지는 노을을 보여주고 지평선 너머
바다가 있다는 것을 알려주었지만
내 키는 쑥쑥 자라지 않았다

중심을 잡는다는 건 홀로
설 수 있다는 것이지만
허방은 언제나 내 발아래 놓여 있었다

텅 빈 허공을 보게 된다는 건
그만큼 눈물이 많아졌다는 기다
〉

수의壽衣에는
눈물 담을 호주머니조차 없다는 것을
너무 늦게 깨달았다

오래된 밥상
— 오동나무

지난 세월을 몸에 들이고
오랜 그리움을 쟁여
온몸이 악기가 된 나무가 있다

즐거움은 먼 곳에 있지 않아요
달그락

당신은 나와 같은 나이테를 가졌네요
혼자 하는 식사는 외로워요
같이 하다보면 당신의 길을 찾을 거예요
두둥

종으로 흔들리던 꽃의 시간과 푸르름의 나날을 지나
그대와 마주한 자리
당신이 음악이 되면
나는 노래가 되는

온몸이 악기가 된

오래된 밥상

4부

굽은 가지

바람이 비껴갔다는 뜻이야
살다보면 상처도 생기고 눈물 나기도 해
중학교 때 보리 베다 약손가락 다친 이후,
지금도 손톱이 갈라져 나와

그땐, 그것이 최선이었을까 아버지는
삶을 온몸으로 보여주셨어
내 나이에 가시기 전까지
그깟 자식들이 무어라고
온몸이 상처인 줄도 모르고

멈춰 선 아버지의 나이테에 이르러
너에 대해 생각한다
단단한 몸피와
비옥한 땅을 주지 못했으니
너 또한 상처투성이일 삶

산이 높을수록 곡지谷地는 깊어지지
하지만

가지가 많아도 하나의 뿌리

바람이 비껴가면 곡지가 생겨
내 바람은 단 하나
네 단단한 심지를 세우는 일

괜찮아, 곁에 있어줄게

밑동에 물들이다
— 버드나무

왜 젖은 곳에서만 자라나는지
집 앞, 버드나무
그 눅진함이 싫었다 귀신이 산다고도 했어
아버지가 만들어주었던 버들피리는
밤에 가야만 하는 화장실
빨강 휴지 파랑 휴지
발목 잡는 도깨비 소리 같은 것인데

떠나고 떠돌던 삶은 건강하였나
아이 키우며
진창에 빠져 살던 그녀가
버드나무의 삶이었다는 것을 몰랐던 것인데

시도 때도 없이 열이 오른다는 그녀와
연둣빛 물여울이 가지 흔드는
광한루에 간다
계절과 계절
뭍과 물이 만나는 시간,
〉

보수 공사로 어수선한 공사장을 지나며
낭창낭창 휘감아들던 그녀가
생각났던 것인데
그 곱던 소리
다시 듣고 싶었던 것이었는데

야윈 손 잡으며
수월관음도 속 관세음보살을 생각한다
그 버들가지에 그대의 지친 몸
기대어주고 싶었던 것인데

밑동에 물들이는 나무를 보며
이런 사랑 하나쯤,
맘속에 있어야 한다고 생각했다

문득, 아버지의 버들피리를 다시 불어보고 싶었던 것
이다

징글 벨
— 구상나무

눈 내리는 저녁은 가로등도 따뜻하지
아이들이 돌아간 놀이터
귀가를 서두른 자동차에도
눈은 아낌없이 나려

산타가 오실까
지금쯤 네 선물을 고르고 계실 거야
언제쯤 오실까
퇴근 시간이라 길이 좀 막혀

오랫동안 내리는 눈을 바라본다
그 작은 눈들이 내 머리 위에 쌓여
괜찮아 괜찮아 울어준다면
그 눈물 굴려 대문 앞에 세워두고
당신의 늦은 귀가를 기다릴 거다
얼굴 한 가득 웃음을 그려두고

거실 불 환히 밝혀 겨울잠에 든 다람쥐들이

뭔 일이랴 두 눈 치켜뜨도록
뒷산을 배경으로 당신을 위한
멋진 트리 하나를 완성할 거다

눈과 눈이 마주치는 거리에
초인종 하나 걸어두고

오래된 엽서
— 감나무

봄날이 다 가고
부르면 너무 아플까 부르지 못한
바람에 널어 말린 생각들과 눈꽃의 추억을
나무는 온몸으로 밀어내고 있었다
지난여름의 햇빛을, 새 소리를
이제사 풀어내고 있었다
감나무 밑 애기똥풀은
거름으로나 쓰라고
말갛게 흔들리고

이런 날에는
한잔 안 할 수 없지 툇마루에 앉아
술잔 기울였던 것인데
소쩍새는 밤새 울어쌌고 있었던 것인데

잠결에
바스락 툭툭, 새가
날아가는 소리 들린다

밤에 나는 새라니,
내 창문은 왜 두드리나
억지로 눈 치켜뜨고 살펴보았던 것인데

감나무 잎사귀 하나가
문틈에 걸려
겨울을 났다
두 눈이 퉁퉁 부었다

봄날이 다 가고
감나무에게
감나무 잎사귀 하나를 돌려보낸다

봄이 왔다고
봄이 왔다고 그대에게
오래된
엽서 하나 써 보내는 것이다

화살나무

입춘 지나 나무의 어린 싹들이
꽃샘추위에 얼어붙었다
식은땀처럼 들러붙은 이슬이
노랑에서 나온 노랑이
더 추워 보였다

대학 합격통지서를 받아들고 내 세상이 왔다*
이제는 남자다 어른이다** 거리를 헤집고 다녔으나 나는
애초부터 싸가지***가 없었다

겨울을 견디는 동안, 세상의
모든 눈牙들은 들녘을 숲속을 마을의
언 땅을 콕콕 찍어대던 새들의
힘찬 부리를 기억하고 있다

싹수가 새의 부리를 닮은 건 그 때문이다

풀들이 씨앗을 내어주고

나무들이 제 품을 내어주는 일은 이렇듯
그와 하나라는 증거

집 떠나기 전, 엄마가 손에 쥐어준 부적은
세월이 지나도 노란 부적인데

반성문을 쓰고 떠난 새들은 돌아오지 않는데
제자리를 지키고 있는 저 나무의 생은

세월이라는 이마를 가로지르는
저 나무는

* ** 김필. 〈그땐 그랬지〉 노래 중에서.
*** 움터 나오는 새싹의 어린 모가지.

해거리 1

괜찮아, 잠시 쉬어도 돼
끝없이 달릴 수만은 없지 않겠어
해거름의 노을이 아름다운 건
그 잠시의 고요가
네 마음에 파문을 일으킨 때문일 거야
속도에 취한다는 건
아무것도 느끼지 못한다는 것

마을에 초상이 있는 해에는
감도 대추도 풍년이었지

야 야, 까치밥 좀 남겨놓거라

할머닌 세 들어 살던 생의 몫을 새들에게 내놓으셨지

믿을 수 있니
나무는 봄부터
겨울눈들을 준비하고 있었다는 걸
〉

동면, 꿈꾸는 눈꽃들처럼

괜찮아, 잠시 쉬었다 가
네 정원에 봄빛 깃들 때까지

해거리 2

기어이 그때가 올 거다
종처럼 흔들리던 흰 꽃들이 계곡 물소리로
꽃배를 만들던 그 순간부터
속삭였겠지
힘들면 조금은 쉬어도 돼
바람도 언제나 불어오는 건 아냐

오십을 넘게 달려온 아내가
더워, 더워 죽겠어

조금은 내려놓고 쉬었다 갈 때가 되었다

생일 선물을 잊었다
미안해, 내 사랑도 가끔은 해거리를 하나봐

갑자기
발바닥이 간질거리는 그런 때가 있다

납월매*

다닥다닥 달렸다
카메라와 핸드폰이 꽃보다 많다

선잠에 들었다
겨우 내가 되는 순간,
과녁이 되어버린

그래, 깨달음도 나누어야지

꽃들이
사람 구경을 한다

* 금둔사 납월매(臘月梅). 엄동설한인 섣달그믐에 꽃망울을 틔운다고 해서 붙
  은 이름이다.

겨울나무

화살이 난다
살에 맞아 터지는 죽음들
시속時速은 모든 것을 살로 만든다

속도에 취한 이들에게
죽음은 언제나 가까이에 있다

새벽부터 줄지어 서서 죽은 나무의
향기에 취하는
도서관 앞을 지난다

떨어지는 낙엽도 조심하라던 시절을 지나
점, 점, 점이 생기는 계절
차창을 스치는 나뭇가지들이 온통
살이 되어 가슴에 박힌다
소리칠 틈도 없이

바람은 불어
대지를 덮던 낙엽의 자취를 지우고

어린 새순에게
길을 내어주고 있었다

측백나무

창문 너머로
측백나무 안개비에 젖고 있다 그 모습이 익숙한 건 아마도
어릴 적 기억 때문이다
학교를 감싸 안은 그 울타리는
모두가 개구멍이었다 정문으로 등하교 하라시던 선생님 말씀은
한마디로 개소리일 뿐이었다 쉬운 길 놔두고 돌아가라니
그렇게 반생을 넘어 살았다

가로막는 것과 막히는 거
어쩌면 생은 이 두 가지의 반복 아닌가
하고 싶거나 하지 못하는 거
갖고 싶거나 갖지 못하는 거
가고 싶으나 가지 못하는 것

우듬지마다 맺혀 있는 저 수많은 눈들
조금은 틈을 주어야겠다

쪼로록, 고양이가 지난다 개가 지난다
잠시 후면 나도 당신도 저 나무 사이를 지나
숲에 다다를 것이다

굴참나무

고깔을 쓰셨군요 어쩜,
용흥사 부처님 뒷모습을 닮으셨어요
민대머리가 제 탓은 아니에요
제겐 구르는 제주밖엔
또로록 잘도 구른답니다

보물찾기엔 소질이 없어요
친구들이 몇 개의 비의를 읽어내는 동안
하나도 찾지 못했어요
오십이 한참 지난 지금도
한 줄의 행간도 해석하지 못해요
그래요 잘한 게 있다면
도토리를 찾은 거지요
개밥에 도토리

구르고 굴러 여기까지 왔어요
사천왕상 눈 부릅뜨고 지켜보시는데요
산문 너머의 삶이 어떤지는 아시잖아요
개울을 구르든, 차에 실려 떠나든

제게도 저만의 삶이 있어요

지켜보실 거죠 고깔
쓰고 계시잖아요
언제나
하염없는 기다림, 어머니

나무

나무에 대해 생각합니다

한 생이

나,

무입니다

나무

—숲의 삶, 그리고 사랑

최준(시인)

문학에서의 비유는 주체와 객체가 엇비슷하거나 같음을 전제로 한다. 비교의 대상이 서로 엇비슷하다면 직유가 되고 같다고 한다면 은유이겠다. 수학적으로 얘기하자면 직유는 교집합이고 은유는 상등에 해당할 테다. 시문학 연구자들은 직유보다는 은유 쪽에 셈값을 더 쳐주는 편이지만 텍스트 생산자인 시인은 은유보다 직유를 선호하는 이들도 간혹 보인다. 이건 습작기에 자신도 모르게 배어든 일종의 습관일까. 아니면 나름의 시적 전략인 것일까. 아무튼 직유는 다소 산문적이고 은유는 보다 시적인 냄새가 더 배어난다는 걸 부정할 수 없겠다. 산문에 은유를 자주 쓰면 읽는 이는 그 숨겨진 의미를 찾아내느라 미간을 찌푸리게 되고, 시에 직유를 자주 쓰면 독자는 왠지 자신이 무시당하고 있는 듯 마음 한 편이 좀 서운하고 섭섭해지기도 한다.

　모두가 알고 있는 이런 빤한 얘기를 초입에서부터 꺼내놓는 데는 나름의 이유가 있다. 시인 이태관의 시집을 감상하기 위함이다. 시인의 신작 시집『숲에 세 들어 살다』는 '나무'에서 시작해 '나무'로 끝난다. 한 권의 시집 전체가 나무에 관한 이야기들로 채워져 있다. 시인이 왜 나무에 그리 지대한 관심을 가지게 되었는가는 시인의 시를 감상하는 데 그다지 도움이 되지 않는다. 독자의 입장에서 굳이 이유를 캐물어야 할 까닭이 없다. 시인은 나무에다 우리들 인간의 삶을 나이테로 새겨 넣는다. 나이테는 시간이며 세월일 터. 그러니까 시인에게 있어 나무는 어디까지나 소재일 뿐, 시의 주제가 아니다. 서정적 자아는 나무가 아닌 인간에 있고, 나무의 형상과 성정을 빼닮은 인간이 살아가는 세상에 있다. 시인은 인간 삶의 과거와 현재를 나무에서 읽어내고, 이를 시로 형상화한다. 하여, 나무들로 숲을 이룬 시집 전부가 곧, 은유다.

　　　나무와 나무가 모여 숲을 이룬다
　　　그들의 노래는 각기 다르고 사연도 많다
　　　오리나무는 오리伍里마다 심었던 나무고

(혹, 오리가 앉았던 나무인지 모른다)
소나무는 소를 매었던 나무다
(솔잎 사이로 바람 지나는 소리 소— 소— 하였는지도)
단단한 밤을 지새우는 밤나무
자작자작 타는 자작나무의 생들이 모여
숲이 된다
그 죽음의 하나가 숯이라면

어쩌면 소소小小한 이야기
숯에 얹어진 오리가 십리를 가는 사이,
술상 앞에 모인 이들의 머리가 반백이다

어느새, 그 숲 사이로 가을이 지나고 있다
　　　　　—「김지미와 태현실, 엄앵란을 이야기하다」 전문

　여기에, 동시대를 살아온 이들이라면 누구나 알고 있
는 한 시대를 풍미한 세 여인이 등장한다. 유명 연예인이
라는 직업적인 공통점과 인생행로가 제각기, 저마다라
는 개별성을 더불어 지닌 그들의 생은, 확대하면 사회 구
성원을 이루고 있는 모든 이들의 삶과 하등 다를 바 없
다. 공통성을 지니지만 개별성 또한 분명히 존재하는, 우
리가 살아가는 이 세계를 시인은 숲에 비유한다. 숲을 이
루고 있는 "오리나무" "소나무" "밤나무" "자작나무"는
저마다의 내력을 지닌 자아의 정체성이다. "오리나무"가

"오리伍里마다 심었던 나무"인지 "오리가 앉았던 나무"
인지 모르고, "소나무"가 "소를 매었던 나무"인지 "솔잎
사이로 바람 지나는 소리 소— 소— 하였는지도" 모른
다. 이처럼 개별의 삶을 살아내는 이들의 세세한 삶의 내
력은 알 길이 없으나, 여기에 "밤나무"와 "자작나무"까지
가세해 하나의 숲을 이룬다.

　시인이 바라보는 숲은 곧 우리네 인간세와 다름이 없
다. 이렇게 각기 다른 모양과 빛깔로 숲을 이루어 살지만
하나의 공통점이 있다면 언젠가는 누구나에게 닥칠 죽음
이다. 죽음은 신이 아니고서는 절대로 벗어날 수 없는 희
로애락(喜怒哀樂)의 종점. "숯"은 말할 필요도 없는 소멸
의 의미일 테고, 우리는 타자의 소멸을 자양분 삼아 생을
영위하는 존재이다. 하지만 그들의 삶도 이미 "머리가 반
백"이며 "숲"은 어느새 "가을이 지나고 있다." 가을은 갈
무리이자 소멸을 향해 가는 마지막 도정이다. 시인의 전
언대로 우리는 죽음의 숙명을 거스를 수 없다. 아등바등
현실을 이 악물고 살아내어 보았자 결국은 모두가 소멸
하고야 말 존재들이다. 허무주의가 그런 인식으로부터
태어난 자식인가. 그러나 시인은 생의 허무에 쉽사리 발
을 담그지 않는다. 어차피 사라질 존재들이니 사는 동안
서로 사랑하며 살자고 말한다. 경쟁과 질시와 반목 대신
에 사랑과 용서와 화해를 자신의 화두로 삼는다.

사랑을 하라
하나뿐인 목숨으로
이 겨울
떨어진 잎이 나무의 뿌리를 덮듯
사랑을 하라
그 사랑이
모과 향처럼 단단히 무르익었을 때
사랑한다는 말을
딱 열 번만 거푸 가슴으로 삼켜보라
그러고 나서
그 떨림을 시로 써라
그래도 가슴 속 가장 깊은 곳에서
술이 술독을 박차고 나오듯
시가 솟구치지 않는다면 당신은
이 세상 누구도, 아니
당신 자신조차도 사랑할 자격이 없다

          —「떡갈나무 아래서의 시론」 전문

　시집의 첫 페이지에 실려 있는 시다. 시인은 왜 이 시를 자신의 시집 맨 앞에다 부려놓았을까. 시인이 시집을 펴낼 때 중요하게 고려하는 요소 중의 하나가 어떤 시를 제일 앞에 놓을까 하는 고민이다. 짐작하건대 시인 이태관도 그랬으리라. 시는 "당신"에게 말하고 있으나 이는 마치 〈서시序詩〉와도 같이 자기 다짐이거나 자기반성처럼 읽힌다. "사랑"이란 무엇인가. 시인에 따르면 그것은 "가슴 속 가장 깊은 곳에서"의 "떨림"이다. 그 "떨림"으로 시를 쓴다면 거기엔 사랑의 진물이 흥건하게 배어 있을 수밖엔 없을 터. 이 시에서의 사랑은 오로지 사람 사이의 사랑만을 지칭하는 건 아니리라. 그의 시는 세계를 이루고 있는 모든 생명과 자연에 대한 포용을 노래한다. 다시 말하지만 나무들이 모여 이룬 숲은 우리들이 살아가고 있는 인간세. 그러므로 시의 결구인 "당신은 / 이 세상 누구도, 아니 / 당신 자신조차도 사랑할 자격이 없다"는 구절에서의 "당신"을 "나"로 바꾸어도 의미는 조금도 달라지지 않는다. 사랑의 대상이 곧 자신에게로 향할 때 "기다림"은 시간(세월)을 가볍게 뛰어넘는다. 그 대상이 나 아닌 "그대"라 해도 마찬가지다. 이러한 관점에서 시인의 지향은 영원성을 동반하는데, 이는 곧 지난 기억으로부터의 소급이다. 시인은 '나무의 생'을 '우리'와 겹친다. 이 접점에서 나무를 바라보는 시인의 의도가 오롯이 드러난다.

저 나무,
가지에 새를 들이고
바람과 비와 어머니의 어머니
그 눈물 맞으며 살아온 세월이 천 년이란다

그 속을 어찌 다 안다 이야기하리

사랑은 바위와 같아
묵묵한 기다림의 한 생이고
짭짤한 눈물 서 말가웃은 될 터이나
천 년이란 기다림은 어찌 읽어야 하나
천 년 후의 이에게 마음 전한다는 것이 가당키
나 한 일인지

그대에게 보내는 이 편지가 언제쯤 도착할지
바람이 허공에 새겨 넣은 말
비록, 바닥에 떨어져 쓸쓸히 썩어갈지라도
그 그리움 온전히 전해지기를
그 향기 오래오래 기억하기를

—「침향」전문

시인 이태관이 말하는 "사랑"은 "침향"의 물성과 닮았
다. 그것은 "그리움"이 그대에게 전해질 때까지의 "기다
림"이다. "천 년"이라는 세월은 곧 영원성과 이마를 맞대
고 있는 시간대이다. 시인 이태관의 가치관을 빌려 말하
면 사랑에의 모든 가능성은 "기다림"과 "그리움"으로 응
축된다. 이것은 "기다림"의 끝에 마침내 사랑하는 대상과
의 만남의 순간을 기대하는 간절함, 혹은 절실함과는 거
리가 한참 멀다. "천 년"의 시차는 죽음 이후의 일이니 그

것은 실현 불가능한 희망이니까. 그럼에도 불구하고 시인 이태관이 주목하는 "침향"의 "천 년" 세월은 "그리움"의 원천인 "사랑"으로 견디는, 곧 "기다림"으로써 내상에의 기대보다 자신의 "향기"를 완성하는 시간이다. 이 시간은 소망의 시간이며 희망의 시간이다. 그리하여 마침내 만나게 되는 사랑이 "허공"처럼 "바닥에 떨어져 쓸쓸히 썩어 갈지라도" 대상에게 자신의 "그리움 온전히 전해지기를", "그 향기 오래오래 기억하기를" 소망하는 마음으로 이어진다. 시인의 시가 현실적인 가난과 불행을 거듭 확인하면서도 긍정성을 내내 잃지 않는 이유가 여기에 있다. 우리의 생을 한껏 애써 늘여보아야 천 년을 어찌 지나겠는가. 이건 어디까지나 바람일 뿐이고, 시인도 그걸 잘 안다. 하지만 바람이 없는 삶은 허망한 것이라고, 시인은 그 허망을 벗어나기 위해 사랑에의 소망을 이야기한다.

①
사랑은
키가 자라지 않는 아이(「고사목 ‐ 주목」)

②
지켜보실 거죠 고깔
쓰고 계시잖아요
언제나

하염없는 기다림, 어머니(「굴참나무」)

③
아버지의 갈라진 손마디와 어머니의 뱃가죽
그 삶을 닮아가는 중이다(「소나무」)

④
배는 보이지 않고
밧줄에 옥죄었던
상처들만이 온몸에 가득하다(「포구나무-팽나무」)

　①은 "고사목"을 통해 기다림의 끝인 죽음을 말하고
있다. 간절하나 이룰 수 없는 소망과 같은 것, 그것이 오
직 "사랑"이라고 단정할 수는 없으나 우리의 삶은 끝내
그 소망의 자람을 완성하지 못한 채 끝난다. 아니, 시인
은 자라지 않는다고 말한다. 여기에 "사랑"이 덧붙여질
때는 더욱 그러하다. 간절함이나 절실함은 삶을 종종 배
반하거나 절망하게 한다. 모든 삶은 절망으로 마감한다.
"사랑"을 "키가 자라지 않는 아이"의 속성을 지닌 "주목"
의 세월에 맞대어놓는다. 그리고 그 세월은 ②에서 어머
니의 "기다림"으로 이어진다. 시인의 사랑은 곧 모정이
다. 모정을 뛰어넘는 사랑이 지상 어디에 존재하는가. 시
인은 몸과 마음을 따로 떼어두지 않는다. 시인의 시집을

이루고 있는 시편들에서 자주 등장하는 "온몸"은 곧 마음의 표징이다. "온몸"으로 이루어가는 사랑의 가치를 무엇보다 소중하게 여기는 시인의 마음이 ③에서 드러난다. 삶을 살아내면서 소나무 껍질처럼 갈라진 아버지의 손마디와 어머니의 뱃가죽을 닮아가는 중이라는 자기 확인, 혹은 고백은 삶이 그 편편마다 다르지 않음을 말한다. 생로병사의 과정은 특별하지 않은 한 생이 겪어가는 일반적인 행로에 다름 아니다. 시인도 나이를 먹는다. ④는 "배"로 지칭되는, 과거에 품었던 희망이거나 꿈에의 기대와 좌절을 한 데 묶어놓고 있다. 대양을 항해하지 못하고 현실의 "밧줄에 옥죄었던" 지난 시간은 "상처"로 "온몸"에 남아 있지만 이게 곧 삶이라고 말하는 시인의 마음은 희망과 긍정으로부터 떠나지 않는다. 다음의 시는 일견 삶의 허망을 말하고 있는 듯도 하지만 자성(自省) 쪽에 무게가 한결 더 실린다. 현실적인 외형의 삶만을 고집했을 때엔 알 수 없었던 모종의 깨달음이다.

우듬지를 보여주지 않았다
어느 순간, 내가 우듬지가 되었을 때

하늘은 맑은 날만을 보여주지 않았다
시간은 기다려주지 않았고 자꾸만
흘러갔다

이슬을 보여주고
지는 노을을 보여주고 지평선 너머
바다가 있다는 것을 알려주었지만
내 키는 쑥쑥 자라지 않았다

중심을 잡는다는 건 홀로
설 수 있다는 것이지만
허방은 언제나 내 발아래 놓여 있었다

텅 빈 허공을 보게 된다는 건
그만큼 눈물이 많아졌다는 거다
수의壽衣에는
눈물 담을 호주머니조차 없다는 것을
너무 늦게 깨달았다

— 「벌목」 전문

  생을 다하고 쓰러지는 한 그루의 나무와 우리 생이 다르지 않다. 지난 삶을 성찰하며 후회와 반성을 동반하는 깨달음의 순간은 예외 없이 때늦게야 찾아온다. "너무 늦게 깨달았다"는 그 순간은 어쩌면 늦은 게 아닐지도 모른다. 대부분의 삶은 그런 깨달음에 다가설 수 있는 기회조차도 갖지 못하지 않았던가. 문제는 나무다. 쓰러지고 나서의 깨달음은 이미 아무런 소용이 없음을, 내 안에서 "텅 빈 허공을" 발견하는 순간이 곧 생의 마지막

임을 자각하는 한 자아의 의식은 죽음을 온전히 받아들이는 긍정성으로 자신을 이끌어간다. 이 지점에서 내 몸과 나무가 하나가 된다. 살아서는 나무였다가 죽어서는 전생이 되는 숙명적인 속성을 공유하고 있었다는 깨달음. 내 삶의 안쪽에 품고 있었던 모든 희망과 욕망을 자신의 의지와는 무관하게 놓아버려야 할 순간이 있다는 것을 자각(自覺)하는 그때가 곧 죽음임을 죽음의 순간에야 알게 된다는 건 얼마나 허망한 노릇인가.

이 지점에서 시인 이태관이 나무에 유독 주목하는 이유를 알 것도 같다. 지천명(知天命)을 지나 이순(耳順)을 눈앞에 둔 자신의 삶이 또 어떤 희망으로 남은 생을 건너갈 것인가에 대한 고뇌다. 나무가 겨울을 지날 때마다 나이테를 몸에 새기듯 시인 이태관도 자신의 삶의 시간에 나이테를 새겼다. 살다보니 얻어든 값싼 지식이 아니다. 이건 삶이 준 아주 소중한 깨달음에 한결 더 가깝다.

이제까지 세상을 살아오는 동안 늘 바깥이었던 나무를 내 안에 들여놓아 숨 쉬게 하는 이승에서의 한 생이 마침내 이런 결론에 도달하게 된다. 선사가 게송을 토설하는 것처럼 칼날 위에 선 듯 선(禪)스럽기도 하고, 경건함마저 느끼게 한다. 이제까지의 자신을 지우개로 지우면서 백지로 돌아가는 여정에 다름 아니다. 깨달음이기도 한 셈인데, 다음의 시는 그 해제의 게송에 해당한다. 아니라면, 필자의 오독이거나.

나무에 대해 생각합니다

한 생이

나,

무입니다

—「나무」 전문

　"나"와 "무". 곧 나 없음이다. 시인 이태관은 새 시집 『숲에 세 들어 살다』에서 자신의 삶의 분량에 값하려 섣부르게 완성된 인생을 말하지 않는다. 시인은 "나무"의 은유로 숲을 이루어 더불어 살아가는 우리 삶의 단면들을 담담히 그려낸다. 다른 이름을 지니고 살아가는 나무들로 어울린 숲을 매개로 삶과 죽음을 말하고 그 행간에다 사랑하는 이들을 불러들이지만 결국은 자신의 깨달음에게로 되돌아간다. 공(空)과 무(無)의 세계다. 그러나 생의 허망함을 말하는 시인은 자신을 결코 포기하거나 방치하지 않는다. 숲의 나무 한 그루로 버텨 서서 "온몸"으로 생을 견뎌가려는 의지와 집념을 노래한다. 삶의 순간순간에 발치를 건드리는 슬픔과 좌절에도 불구하고 주변을 아우르는 사랑에의 의지와 희망을 노래한다. 긍정보다 부정, 연민보다 반목이 주도하는 세상에서 시인 이태관이 시로 보여주는 간절한 노력은 우리가 살아 내고 있는 숲으로 스며드는 한 가닥 햇살과 다르지 않다. 그런 노력의 결과로 "한 생이 // 나, // 무입니다"라는 결론에 도달할 때, 어찌 삶의 근원적인 진실에 대해 생각하지 않을 수가 있겠는가. 언젠가는 무로 돌아갈 나무인 어머니와 아버지, 아내와 자식들이 곧 자신이기도 하다는 것을, 그 자신들이 바로 우리임을 자각하는 것이야말로, 삶의 내밀한 진정성을 획득하게 되는 것이 아닐까. 시인 이태관이 "나무"를 통해 보여주려는 건 우리 삶의 진정성에 대한 자기 성찰이다. 그의 진지한 노력에 많은 눈길들이 와서 머물기를 진정 바란다.

숲에 세 들어 살다

1판 1쇄 발행	2020년 6월 20일
지은이	이태관
발행인	윤미소
발행처	(주)달아실출판사
책임편집	박제영
디자인	안수연
마케팅	배상휘
주소	강원도 춘천시 춘천로 17번길 37, 1층
전화	033-241-7661
팩스	033-241-7662
이메일	dalasilmoongo@naver.com
출판등록	2016년 12월 30일 제494호

ⓒ 이태관, 2020
ISBN 979-11-88710-69-0 03810